Sarah Kirsch

Ænglisch

Sarah Kirsch

Ænglisch

Prosa

Mit einem Nachwort von
Frank Trende

Deutsche Verlags-Anstalt

16. Septembrius 2012 und bewölkt. Da will ich einen Journaler von der letzten britanischen Inseltour tun. Es war die sechste. Zuerst mit dem Tonsetzer in London, dann durch alle Goethe-Institutsplätze, nach Swansea, mit Moses nach Irland, noch einmal Swansea, dann mit dem Baby nach des Öhmchen Todt nach Südengland.

22. August 2000, Dienstag

Durch eine Woche Real-TV von der russischen U-Boot-Katastrophe gut auf ne Seereise eingestimmt. Sturm ist och angesagt, der Himmel ganz schwarz. Ich reduziere gerade mein Gepäck. 2 Hosen genügen. Gleich bestell ich das Taxi. Getan. Punkt 8.00 Uhr. 12.15 Uhr kommt es, sagt die Zentrale. Wollen wir es hoffen.

In Altona vom Zug in den Bus direkt zum Terminal an der Elbe, im Terminal noch ein bißchen warten, nen Koffie. Dazu reicht es grad noch, wir waren knapp vor der Zeit. Man kann jetzt schon souvenirs vom Schiff kaufen, aber wir halten uns noch zurück, bis wir wenigstens an Bord sind. Getan.

Riesenchaos, als der Schiffsbauch sich öffnet. Alle eilen durcheinander, zur Rezeption. Kabine finden. Auch das getan. Sehr gemütliche Kabine.

Nun weht schon ein ordentlicher Wind! Wir entschwinden aus der Elbe in die Britanische See. Haben im Navigators Pub gesessen, waren an Deck, sahen das Atomkraftwerk Stade als wir was aßen. Sehr schöner Himmel. Unsere Kabinennummer ist die 6111 was ich mir gut merken kann ausnahmsweise. 19.37 h ist es, Maurizio hat schon britische Zeit, eine Stunde weniger . Es ist ein kinderfreundliches dänisches Schiff unter der Flagge der Bahamas mit Zauberern und Piraten. Als wir an Bord gingen geleitete uns ein brauner aufrechter Hund, worinnen wahrscheinlich ein Mensch gesteckt hat. So geht es so steht es. Hoffentlich ist die See nicht zu stürmisch! Der BBC-Wetterbericht nämlich gestern, der sprach von wilden Stürmen und Tornados! Haben Pfund Sterling eingetauscht. Kein guter Kurs für Europäer! Na macht nix! Es ist schön auf dem Schiff, welches wir gerade noch erreicht haben. Druffgesprungen kann man fast sagen.

Wunderbarer Sonnenuntergang hinter der Brunsbüttler Schleuse 20.30 Uhr. Seidenblaugraues Wasser und hübsch gekräuselt. Habe mir an Bord großartiges Parfüm gekauft, Davidoff Cool Water. Bin in der Abendröte an Deck gewesen. Die Sesselpassagiere hatten sich ausgebreitet. Im Pub sah es ganz hübsch aus. Die Disko war noch nicht im Gange. Hab dann gelesen, Harry Potter passenderweise. Wir fuhren zwischen Leuchttürmen hindurch. Hin und wieder ein Schiff. Bohrinseln alsdann.

23. Augustus 2000, Mistwoch

Auf hoher See also. Freundlicher, 1/5 bewölkter Himmel. Wir fahren noch nahezu 5 Stunden. Es ist wärmer geworden, hab die Pullover vertauscht. Es gibt englische Sender, Classic FM. Den kann ich ja behalten! Gab auch Nachrichten und den Wetterbericht. Ich hab britische Zeit am Arme hängen. Lese noch Harry Potter. Was sehr interessant und richtiggehend spannend doch ist. Kann ich ja noch viele Bände lesen. Moses' Reiselektüre ist *The Woodlanders* von Thomas Hardy. Eine schöne gebundene englische Ausgabe. Ich sitze im Pub und schaue über das Wasser. Einmal im Jahr sollte man auf die Planken springen. Wir haben etwas Verspätung inzwischen. Na, mal sehen, wann wir in Penzance dann sind. Fahren wir mindestens fünf Stunden mit der Bahn über Paddington station.

Und nun ist Land in Sicht! Ich werfe alles wieder zusammen.

Wir fuhren mit dem Zug nach London, mit der U-Bahn bis Paddington. Von dort waren es noch einmal 5 Stunden, in denen die Landschaft immer verrückter wurde. Stücke vom Ärmelkanal, dann von Devon nach Cornwall, wo die Bäume immer mutiger wurden, Pinien und Zedern erschienen und das Meer mit seinen Kliffs. Penzance war das absolute Ende der Bahnfahrt und mit einem Taxi fuhren wir durch die silbergraue gebogene Stadt zu unserem winzigen Hotel. Überraschung! Es war nix gebucht, der Meister dort war ganz überfordert, ihm war die Frau weggerannt. Unerhört! riefen wir und fanden schließlich schräg gegenüber in einem Haus Seeblick ein großes Zimmer, was sehr ordentlich ist, nur eben keine zwei, was für Moses bekwehmer wär, da ich immer so früh auf den Pfoten bin und viel Radio höre. Wir haben das Schiebefenster geöffnet und es riecht nach Meer und die Möwen randalieren. Das Meer ist so blau so blau noch in der Nacht.

24. Augustus 2000, Donnerstag

Das Frühstück war so überzeugend mit seine Nierchen, Tomaten, Pilze und riesige Spiegeleier, dass wir beschlossen, hier zu bleiben auch wenn wir nur ein gemeinsames Zimmer haben. Wir gingen in die sehr hübsche Stadt, immer am Strand entlang, fuhren schließlich mit einem wunderbaren Zug nach St. Ives. Eine kleine Nebenstrecke an die gegenüberliegende Küste. Das ist ein herrlicher Ort, früher die Heimat der Sardinen, dann ein Eldorado der Maler, Licht von drei Seiten auf den üppigen Strand, an jeder Ecke ne vulgäre Palme, Zedern und Mesembrianthemum zuhauf und allüberall. Auch gibt es einen Ableger von der Tate, ein verrücktes nahezu rundes Gebäude, in dessen luftigem Atrium sich die Stimmen des Meeres fangen und verstärken, man lange sitzen und zuhören kann.

Schöne Bilder und Bilder-Bilder. Lange am Meer gesessen. Alles voller Hitchcock- Möwen. Seltsames gespiegeltes Licht. War ein außerordentlich schöner Tach. Sanftes mildes Klima und es riecht außerordentlich nach Atlantik und Ärmelkanal. Wunderbare Bäume und Pflanzen.

25. Augustus 2000, Freitach

Es lag übrigens nicht an der Reiseagentur, daß der Mensch vom kleenen Hotel gegenüber uns nicht auf der Liste hatte. Dann war wohl wirklich die Frau auf und davon, die die Geschäfte da tat. Die anderen Kvartiere waren OK. Nun muß die Agentur sehen, daß sie das überwiesene Geld wieder bekommt. Und wir ooch. Naja so is es gewesen. Heute machen wir wahrscheinlich ne Bootsfahrt. Das Wetter ist gut. Muß nur das Kind wachbekommen. Sind durch die wunderschöne hügelige Stadt, festgestellt, daß man Tiermedikamente sehr preiswert im Pet-Laden (»Tatzen & Pfoten«) kaufen kann, während in Germany die Tierärzte das Monopol innehaben und alles fünfmal so theuer ist. Noch zwei Platzregen lange in putzigen Läden, Antiquariaten, wo es z. B. einen singenden Fisch gab, welcher sich bewegte und sang: »Take me in the water«. Ein täuschend ähnlicher Fisch. Moses hat sich ein schönes altes Cornwall-Buch gekauft. Bei einem weiteren Regen cream tea im Michelangelo. Danach ins Quartier und ne kleene Pause. Was gut war. Daraufhin mit einem größeren Boot, sehr kleinem Schiff, das etwa 25 Menscher hatte, zu denen Seehundsbänken, Schmugglerhöh-

Tate St Ives

in Germany die Tierärzte das Monopol innehaben und alles 5 mal so teuer ist. Noch 2 Platzregen lang in putzigen Läden, Antiquariaten, wo ich z.B. einen singenden Fisch sah welcher sich bewegte und sang: Take me to the water. Ein toller Hand-Animier-Fisch. Mosa hat sich ein schönes altes Cornwall-Buch gekauft. Bei einem weiteren Regen Cream-Tee im Michelangelo. Danach ins Quartier und 'ne kleine Pause. Das gut war. Daraufhin mit einem größeren Boot, sehr kleinem Schiff, das etwa 25 Menschen hatte, zu denen Seehundsbänken, Schmugglerhöhlen, Vogelfelsen gefahren. Herrschte ein großes Schwanken, ein Seegang der nicht von Pappe war. An St. Michael's Mount vorbei, den wir morgen besteigen werden. Wunderbare Farben, ein silberweißes Spitzengrau wie für Herrn Turner, später das Meer schwarzer Lack. Hin + wieder steckte ein Kormoran den Schnorchel aus dem Wasser. Wunderbarste Fregattvögel flogen, wann ich die See, diese Fregattvögel in den Lüften sah, so kam es mir nahe zu weinen. Weiß auch nicht weshalb.

len, Vogelfelsen gefahren. Herrschte ein großes Schwanken, ein Seegang, der nicht von Pappe war. Am St. Michael's Mount vorbei, den wir morgen besteigen werden. Wunderbare Farben, ein silberweißes Spitzengrau wie für Herrn Turner, später das Meer schwarzer Lack. Hin & wieder steckte ein Kormoran den Schnorchel aus dem Wasser. Wunderbarste Fregattvögel flogen, wenn ich die See und diese Fregattvögel in den Lüften hab, so haut es mir nahezu um. Weeß ooch nicht weshalb.

Abends wunderbar im Wheelhouse gegessen, die englische Küche hat sich gewandelt. Besten Lax hatten wir und sind dann zum Quartiere getrabt. Wo ich Harry Potter ausgelesen hab.

26. Augustus 2000, ein Sams

Wir sint noch durch die Altstadt am Ägyptischen Haus, dem Pub Turk's Head (hier gegenüber Amnesty International!) Entlang und dann mit dem Bus nach Marazion gefahren. Das ist ein kleener hübscher Ort und von hier kann man bei Ebbe über einen causeway zur Insel oder bei Flut muß man ein Schiffchen winken. Wir kamen gerade noch durch! Aber das Wasser flog schon über die Steine, Spritzerken, die riefen »Beeilt euch!« Und die Möwen sagten: »Laßt euch Zeit!«

St Michael's Mount ist ein ehemaliges Herrenhaus aus einem Kloster gebaut, gehört nun dem National Trust (Museen, Gärten etc.), aber der ehemalige Eigenthümer hat Wohnrecht bis 2063 oder so ähnlich. Auf den Berg über viel Steine möwengeleitet. Schönstes Pflanzenland! Im Schloß die schönste Bibliothek, die man sich denken kann.

Auf der Südterrasse war es himmlisch! Meeresblick und herrliche hängende Gärten. Lilien, Palmen, Ahorn, Hortensien, Crassulas etc. Unheimlich schön, sind wir stundenlang herumgekraxelt. Dieser Garten! Man könnte noch einmal hin. In

einem kleinen Restaurant (vom Trust) gegessen, dann haben wir uns ausschiffen lassen. Moses hat gebadet, ich sah der Segelschule zu. Wie die Anfänger sich mühten, so ein Schiffchen vom Ufer wegzubekommen und überhaupt sich rumzuschwingen! Dann haben wir wieder cream tea gehabt und sind mit einem fabelhaften Doppeldecker nach Penzance retour, konnten St. Michael's Mount oftmals noch sehen und es war wonderful in der That.

27. Augustus 2000, Sonnentach

Die Hausmöwen haben den Wecker ersetzt. Wenn ich wach bin fliegen sie auf und davon. Auf St. Michael's Mount waren sie auch sehr dominant. Bei jedem Picknick sahen sie über die Schultern der Kinder. Und wie sie um den Schloßturm flogen!

Als wir dort oben standen, da war schon auflaufendes Wasser und zwei Erwaxene und ein halbwüchsiges Kind waren noch auf dem causeway. Gleich kam die tiefste Stelle! Alle, die auf dem Schloßturm waren, sahen begierig hin. Mit Ferngläsern auch. Die ersten Wetten, ob sie es denn noch schaffen würden, wurden geschlossen. Es ging den Wanderern nun das Wasser bis über den Hintern und sie kamen kaum voran. Starkes Interesse bei den Beobachtern. Der Vater immer noch kühn voran dort in den Wassern, der Weg war nur schwach noch zu sehen. Als sie beratend die Köpfe zusammensteckten tiefe Anteilnahme. Dann hatten sie das Schlimmste hinter sich und kamen schneller voran. Da hatten sie keine Zuschauer mehr.

Wir gingen auch weiter, noch ein paar Räume im Schloß ansehen.

St. Michael's Mount waren sie auch sehr dominant. Bei jedem Bildnis sahen sie über die Schultern der Kinder. Und wie sie um den Schloßturm flogen! Als wir dort oben standen, da war schon auflaufendes Wasser und 2 Erwachsene ein halbwüchsiges Kind waren noch auf dem causeway. Gleich kam die tiefste Stelle! Alle die auf dem Schlossturm waren sahen begierig hin. Mit Ferngläsern auch. Es ging den Wanderern das Wasser nun bis über den Hintern und sie kamen kaum voran. Starkes Interesse bei den Beobachtungen! Der Vater immer noch kühn voran dort unten in den Wassern, der Weg war nur schwach noch zu sehen. Als sie beratend die Köpfe zusammensteckten, tiefe Anteilnahme. Dann hatten sie das Schlimmste hinter sich und kamen schneller voran. Da hatten sie keine Zuschauer mehr. Wir gingen auch weiter, noch ein paar Räume im Schloss ansehen.

Heute will Moses sich ein Rad ausleihen und nach Land's End etwas hin. Ich gehe ins Galeriechen die Meerbilder sehen. Und wasche mir die Haar und so weiter und faulenze ein bisschen hier in der Sonne. Ich bin die Strandpromenade und so weiter bis Newlyn hin, das ist das Fischerdorf mit der Sardinenfabrik. Überall bauten sie ein paar kleine Karusselle auf und es entstand sowas wie ne Art Volk-market. Bin noch im "Morabs Garden" gewesen. Die Azaleen begrüßt und die Palmen und feinen Lilien allzumal.

Alfred Wallis (1855-1942)
'This is Sain Fishery that used to be' (c.1938-41)
Private Collection

Heute will Moses sich ein Rad ausleihen und nach Land's End etwas hin. Ich gehe ins Galeriechen die Meerbilder sehen. Und wasche mir die Haare und so weiter und faulenze ein bißchen hier in der Sonne. Ich bin die Strandpromenade entlang bis nach Newlyn hin, das ist das Fischerdorf mit der Sardinenfabrik. Überall bauten sie ein paar Karusselle uff und es entstand ooch ne Art Flohmarkt. Bin noch im »Morab Garden« gewesen. Die Aralien begrüßt und die Palmen und feinen Lilien allzumal.

In der Sonne gesessen und am Strand nach Muscheln gesucht. Dann hier im Zimmer Tee gekocht und ne Pastete gegessen. Darnach Haare gewaschen, das Haus um die Zeit hatte ein Bad frei.

Ich hör mein Classic Radio. Und nachher geh ich zum Penlee House, wo die Seebilder hängen. Maulbeeren gepflückt, Myrthenbäume, welche blühten, getroffen. Und Moses dann ooch wiederum zufällig in der Stadt. Schöner Ort hier. Noch ne *holy mackerel* gefressen. Wunderschöne hellgraue Himmelsfarb! Und das Meer ist so blau ist so blau.

28.Augustus 2000, Mohn-Tach

Ein launisches Atlantik- Kanalwetter, bei dem man nit weeß, was es allet im Köcher oder uff die Pfanne hat. Ne kleene Regenhaut muß man schon haben. Für alle Felle. Und immer dabei. Wir bleiben heute hier in der näheren Umgebung einschließlich Fischerdörfer. »Save our fish!« Steht über der Sardinenfabrik. Pilcher = Sardine. So schaut es nämlich aus. Jedenfalls fast. Pilchard is the same! Wir sind durch die kleene Stadt und haben sehr verzauberte kleene Häuserken und gloriose Gärten gefunden und sind nach Penlee House gekommen. Da hat ne kanadische Malerin Bilder gesammelt, Elizabeth Adela Forbes, und ihre sind auch vorhanden. Ganz gute »altmodische« Bilder. Und ein Heimatmuseum ooch noch. Mit die praecolumbianischen Mitbringsel der Matrosen, Ausgrabungen, Haushaltsgegenständen etc.

Am Nachmittag nach Newlyn gepilgert wie alle Welt, denn es war fish festival. Von denen Berufsgenossenschaften ausgerichtet. Es konnten die Fabrique-Hallen und die Schiffe besichtigt werden und einen kleenen Jahrmarkt gab es ooch.

James Dixon (1887-1970) 'Cutty Sark' (1966) Private Collection

28. Augustus 2000, Mohn-Tag

Ein launisches Atlantik-Kanalwetter bei welchem man nie weiß was es gerade im Köcher oder auf die große Pfanne hat. Ne kleine Regenhaut muß man schon haben. Für alle Fälle. Und immer dabei. Wir bleiben heute hier in der näheren Umgebung ein bißchen Fischerdörfer. "Save our fish" steht über der Sardinenfabrik. Pilchet = Sardine. So sieht es nämlich aus. Jedenfalls fast. Pilchard is the same. Wir sind durch die kleine Stadt und haben sehr verzauberte Häuserken und glorioses Gärten gefunden und sind nach Penlee House gekommen. Da hat ne Kanadische Malerin Bilder gesammelt, Elizabeth Adela Forbes, und ihr Kind auch vorhanden. Ganz gute "altmodische" Bilder. Und ein Heimatmuseum auch noch. Mit die precolumbianischen Mitbringsel der Matrosen, Ausgrabungen, Haushaltsgegenständen etc.

PENLEE HOUSE
Gallery & Museum

Wir stiegen dann das steile Dorf ganz empor und sahen das Gewimmel am Hafen. So kleene Häuser mit winzigsten Gärten und schon die Mauern so schön bewaxen und winzige Astern, Cymbelkraut, Glockenblumen, Hirschzungenfarn, Eisgewäxen, es war wundersam. Dann noch in die Galerier von Newlyn, sehr ordentliche Bilder der hiesigen Maler. In ein Inn noch was getrunken, dann retourniert.

29. Augustus 2000, tuesday

Wir aber gehen noch einmal nach St. Ives. Es gibt noch einen Skulpturengarten zu sehen und das schöne Licht wartet ooch schon wieder. Nüscht wie hin. Mit dem Zug immer am Meer entlang und über die Salzwiesen. Durch St. Ives gebummelt, aufm Flohmarkt kleene Messingschuhe getrödelt, drei Stück! Im Barbara Hepworth Museum und Skulpturenpark – sehr sehr schöne Dinger, die da standen. Ihre Werkstatt war noch da, als wäre sie nur schnell ein Fischbrötchen holen gegangen. Dann durch den kleinen Ort an den Strand hinter der Tate, zu den schwarzen Felsen mit dem Blasentang. War schon auflaufendes Wasser, Moses gleich hinein. Ich geh ja sehr selten nur rin! Weiterhin das schöne Meer von allen Seiten betrachtet. Ein Regenbogen! Das Wasser mal blau, grau, anthraziten, schwarz, grün. Noch cream tea gehabt zur richtigen Zeit. Mit dem train um 6.00 Uhr pm, welcher durchgeht (nicht in St. Erth umsteigen!) und hinein in das schöne Penzance retour, tut einem schon leid, es zu verlassen, will ich mal sagen. Moses meint, hier könnten wir wieder her. Ich bin mir nicht so ganz sicher. Aber warum nicht?

30. Augustus 2000, wednesday

Nun also in Devon, über den Camel-Fluß gefahren. Torquay. Liefen schon etliche Miss Marples uffm Bahnsteig herum. Nun ein gehobeneres Quartier, ein Einzelzimmer mit eigenem Bad etc. Sehr erquickend, aber das gemeinsame Zimmer mit Moses wie in den alten Zeiten – es hatte ooch was für sich.

15.00 Uhr waren wir hier, es war ein Bummelzug von Penzance. Aber sehr interessant, wer da alles zu- und wieder ausstieg mit seinen Kindern und jungen Hunden!

16.00 Uhr wollen wir uff die Promenade das Meer endlich besehen. Diesz muß doch alles verglichen werden. Cornwall ist sowieso nicht zu übertreffen mit seinem schwarzen Charme. Habe sehr geduscht! Lade mein Handy auf, gottlob haben wir einen Adapter mitgebracht. Hab ooch schon meine Wäsche gewaschen, ohne eigenes Bad vorher war das nicht möglich und hier gibt es einen heißen Handtuchhalter, welcher nur treu und heiß ergeben da ist.

Alles ne Nummer größer: die Stadt, die Hotels, die Straßen, die Menscher. Einen Überblick verschafft. Moses hat sich eine Agatha Christie gekauft, nicht seine erste.

Sie haben hier sträflicherweise ooch ein paar Hochhäuser hingeknallt. Und in die schönen Hallen vom Ende des 19. Jahrhunderts sind Geschäfte eingebaut worden. Das berühmte Haus mit dem Kupferhelm etc. Aber wir finden noch Wunderbares, will ich meinen. Für heute habe ich mir zurückgezogen, nachdem wir noch lange dem retournierenden Wasser zugesehen haben am Strand. Wie es die Sandburgen zerstörte, in die gegrabenen Löcher schoß und so weiter. Dann noch eine cornische Pastete gefressen, die schaffe ich nur mit Müh und Noth.

Hier ist die letzte Ferienwoche. Danach wird es himmlische Ruhe geben, aber dann fahren wir ooch schon bald wieder. Im Hotel gibt es anscheinend Menscher aus München. Muß man auf Tauchstation gehen. Mein Handy ist geladen.

31. Augustus, thursday

Im Hotel geht morgens und abends die Heizung schon an, hier an der Englischen Riviera. Sehr aufmerksam isses und ich hab ausgiebig in die eigene Dusche geduscht, washed my hair etc. Das tut sehr gut nach der Woche ohne dergleichen. Aber wenn es hier wie in St. Ives wär, würde es mir noch besser gefallen. Zu viele Menscher und Autos und really ein Hotel neben dem anderen.

Wir sind nach dem Frühstück – mir gruselt, was Moses erhält und alles ufffrißt, so ne fette Wurst und Bohnen und *Ham and Eggs* – also sind wir von rückwärts durch normale Wohngegenden langsam zum Zentrum geschritten. In einem Küchenladen alle Geräte und das Geschirr angesehen, manches ist ganz anders uff die Insul, dann hab ich mir noch Lektüre gekauft. Geschichten von Kenneth Grahame, die glaube ich, lesen zu können mit meinen kleinen Kenntnissen doch und einen Roald Dahl, ooch ein Kinderbuch, und dann noch Gedichte von Edward Thomas, welcher als »der Naturdichter überhaupt« gerühmt wird, »besser als Hardy« und von dem ich noch nie nix gehört hab.

TORQUAY

Läden, sie sind verrückt, sage ich manch-
mal in voller Überzeugung. "Exzentrisch!"
sagt Moses und verbessert mich. Nach einer
Pause sind wir 3 Stunden in Torre Abbey
gewesen. Ein großes Museum und ne Gemäl-
de-Ausstellung mit wahnwitzigen See-
stücken Genre-Bildern, Einrichtungen
der letzten Adelsfamilie welche dort wohnte.
Das war sehr schön.) Und nun regnet's ordent-
lich daß man froh ist in sein schönes war-
mes Zimmer zu sein wo man sich ununter-
brochen Tea machen kann. Was entzückend
ist: die Mini-Alpenveilchen sie wachsen
auf oder an den Mauern direkt auf der
Straße. Bei der Abbey im Garten haben
wir Maulbeeren gegessen. Moritz hat
mir vertraut die Beeren gefressen. Bravo.
Nun ich schreib hier an eine weiße Kommode
und schau über Lavendel und Fuchsien
in den wunderbaren Regen. Diesen be-
rühmten Regen den wir bisher noch nicht

Moses koofte sich ne Theaterkarte für ein Agatha Christie-Stück morgen am Abend in Paignton, da will ich aber lieber nicht mit hin und ihm macht diesz allein ooch mehr Spaß, als wenn er mir noch alles erklären muß, denke ich mal.

Wir sind weit rumgekommen, zwischendurch immer mal Tee getrunken oder es gab ein Sandwich. Schnurrige Läden, sie sind verrückt, sage ich manchmal in voller Überzeugung. »Exzentrisch!« sagt Moses und verbessert mir.

Nach einer Pause sind wir drei Stunden in Torre Abbey gewesen. Ein großes Museum und eine Gemälde-Ausstellung mit wahnwitzigen Seestücken, Genre-Bildern, Einrichtungen der letzten Adelsfamilie, welche dort wohnte. Das war sehr schön! Und nun regnet es ordentlich, daß man froh ist, in sein schönes warmes Zimmer zu sein, wo man sich ununterbrochen Tee machen kann.

Was entzückend ist: die Mini-Alpenveilchen, sie wachsen auf oder an den Mauern direkt an der Straße. Bei der Abbey im Garten haben wir Maulbeeren gegessen. Moses hat mir vertraut und die Beeren gefressen. Na bravo!

Und ich schreib hier auf einer weißen Kommode und schau über Lavendel und Fuchsien in den wunderbaren Regen. Diesen berühmten Regen, den wir bisher noch nicht kennengelernt hatten.

In Torre Abbey war übrigens auch ein Raum für Agatha Christie und ihre Remmington-Schreibmaschine und allerlei Bücher, Theaterprogramme, Filmbilder und Chinoiserien und ein Talar zur Verleihung eines Doktorhutes. Diesz hat Moses sehr gefallen. Hat sich den mesopotamischen Ausgrabungskrimi geleistet. Und ich hör gerade die Moldau in mein Classic Radio FM. Es ist gleich 19.00 Uhr, in anderen Welten 20.00 Uhr. Zum Beispül in Tee.

1. Septembrius, friday

So langsam hör ich mir ein, verstehe etwas mehr von denen Nachrichten, Wetterberichten und was die Menscher so schwatzen. Heute wird es so warm wie in Sidney, wärmer als in Süd-Australien, dort ist Winter! Habe gestern in dem Taschenbuch für £ 1.99 gelesen, den Dichter Edward Thomas betreffend. 1878 bis 1917. Bei Arras gefallen. War mit Frost befreundet. Schrieb Prosa, bis Frost dann kam und sagte, es seien doch aber Gedichte! Das konnte ich intuitiv ganz gut lesen. Es fehlte aber doch ein Wörterbuch! Guck ich in Tee nochmal nach.

So könnte ich hier wochenlang existieren: am Tag mal spazieren, dann ein bisserl aus der mir umgebenden Sprache Ferscherl übersetzen.

Es hat die ganze Nacht geregnet. Jetzt sieht der Himmel trügerisch blanc aus. Erst in das post office, dort auch den Apfel aus Stoff gekauft, den ich gestern schon aufgehoben hatte, worauf er gelacht hat. Es ist ein Lach-, manchmal aber auch ein Kreisch- oder Pfeifsack und manchmal sagt er: »I love you!« Es waren ganze Berge solcher Säcke aufgetürmt – ein Lachsack-special sale der britischen Post. Exzentrisch sind sie also.

kennen gelernt haben. In Torre Abbey war übrigens auch ein Raum für Agatha Christie mit ihrer Remington-Schreibmaschine und allerlei Bildern, Theaterprogrammen, Filmbildern und Chinoiserien und ein Glas zur Verteilung eines Dorfkrimis. Das hat Marga sehr gefallen. Hat sich den ägyptischen Ausgrabungskrimi geleistet. Und ich hör gerade die Moldau in mein Classic-Radio FM. Es ist gleich [illegible], in die anderen Welten 2000 Uhr. Zum Beispiel in Tee.

1. Septembrius 2000, Friday

So langsam hör ich mir ein, verstehe etwas mehr von denen Nachrichten, Wetterberichten und was die Menschen so schwätzen. „Heute wird es so warm wie in Sidney, wärmer als in Süd-Australien, dort ist Winter." Habe gestern in dem Taschenbuch für £ 1.99 gelesen, den Dichter Edward Thomas betreffend. 1878 bis 1917. Bei Arras gefallen. War mit Frost befreundet. Schrieb Prosa bis Frost daherkam und sagte es sind doch aber Gedichte! Das kann jetzt ich intuitiv ganz gut lesen. Es fehlte doch ein Wörterbuch. Such ich in Tee noch mal nach. So könnte ich hier wochenlang existieren: am Tag mal spazieren, danach ein bisserl aus der mir umgebenden Sprache Texte übersetzen. Es hat die ganze Nacht geregnet. Jetzt sieht der Himmel frisch blank aus. Ist in das Post-Office, dort auch den Apfel aus Stoff gekauft, den ich gestern schon auf-

Den Sack also in den Rucksack. Nach und nach kam er in Gang, besonders wenn wir bei Regen eilig gingen! Aus dem Rucksack lachte er, pfiff wie auf den Fingern, schrie gräßlich wie am Spieß oder sagte seinen Spruch, was den einen oder anderen Passanten irritierte.

Wir machten im Haus mit dem Kupferhelm ne Teepause, es goss in Strömen. Dann zur Babbacombe Road in das wunderbare Torquay Museum. Diese Straße hat noch das Flair von 1900, echt elegant, große Villen am Hang mit verzauberten Gärten. Das Museum auch ehrwürdig, aber modern geführt. Eine Insekten-Abteilung, wo es lebende wandelnde Blätter gab und die Kinder (oder ooch Erwaxene) aufgefordert waren, Schmetterlinge oder andere vorgeführte Insekten zu malen, auszuschneiden und an ein Netz zu hängen. Von der Aufforderung wurde reger Gebrauch gemacht. Gab auch ne kleene ägyptische Abteilung mit einer Kindermumie, einer Schenkung an das Museum, mit all ihren Grabbeigaben. Dann alle möglichen Ausgrabungen, die Höhlenbären und Menscher gleich unter der Promenade. Aus Fischerdorfzeiten die Einrichtungen. Bis man schließlich in die

Agatha Christie-Etage dann kam. Sämtliche Buchausgaben, wirklich sehr viele. Fotos, Devotionalien. Fotos vom Rollschuhklub, als Agatha Miller vielleicht achtzehn war. War sehr hübsch und wir waren sehr lange dort. Ganz benebelt von denen Krimis. Von denen Moses fast alle kannte.

Dann wieder im strömenden Regen zwischen den schreienden Möwen rumgerannt. In meinem Rucksack das Geschrei des Lachsacks, sehr ähnlich dem Möwengelächter. Wir mußten lachen lachen lachen! Es war sehr entzückend! Völlig durchweicht wieder im Hotel!

Noch ein Beispiel für die – sagen wir mal – Exzentrizität der hiesigen Menscher: Moses kooſte ne Fahrkarte nach Paignton zum Theaterbesuch. Der Ticketverkäufer war so uffgedreht, mit hoher Kastratenstimme sprang er glatzköpfig wie ein Gummiball rum, die Fahrziele der Kunden rufend voller Begeisterung. Als Moses »A ticket to Paignton!« verlangte, rief er »Two pounds! Two pounds!« mit dem Unterton eines unerhört sensationellen Vorgangs. Und »A ticket to Paignton? Certainly, sir!« war auch von Begeisterung durchtränkt. Es war great und einfach irre! Ein Riesentheater am Fahrkartenschalter, das machte Spaß! Moses 23.00 Uhr retour, Theater war nett, hübsch und auch ein bißchen irre und dann auch noch rappelvoll. So solls doch sein.

2. Septembrius 2000, saturday

It was raining cats and dogs. Ich sitze wieder an mein kleenen weißen Schreibsekretär und seh über die Blumen in den wässrigen sehr bunten Himmel. Sehe alte Häuser unter Pinien und Platanen und die Autos auch. Es ist aber noch in der Frühe. Gestern, als wir im Restaurant saßen, da fuhr ein winziges cottage am Fenster vorbei. Auf dem Anhänger. Mit eine Möwe auf dem Kamin. Ja, so sans, diese Engländer. Und gleich haben sie alles wieder bewölkt.

Wir sind später nach Cockington geloofen. Landeinwärts an schöne imposante Bäume, Cedern, Magnolien und alte Villen vorbei. Plötzlich fingen die Farmhäuser an.

Dort haben wir in einem Rosengarten gesessen, sind durch einen Park, ein Arboretum gegangen, haben begeisterten Hunden zugeschaut, die unermüdlich dem Ball nachrannten. Dann scheußliche exhibitions, die Schöpfer der Bilder zugegen. Grässliche Glasbläser etc. Noch durch den Wald, den uralten um 1400 angelegten Mischwald. Wieder vom Gewohnheitswanderrecht Gebrauch gemacht. Man darf schnurstracks durchs Private, zelten aber nicht. Zaunübertritte werden von den

Eigentümern gestellt. Wir sind weit durch den Forst, nachher auf die Reitwege, die hier rot sind wie die Erde, die Steine, der Sand in der Meeresbucht. So schaut es nämlich aus. Chou Chou tief im Walde.

Im Tea House Earl Grey. Dann zurück. In einem Dorfrestaurant schwammen indische Gänse im Teich, es gab gewölbte Brücken und ein Klavier im Garten, woran ein Jazzpianist spielte.

16.00 Uhr wieder hier gestrandet. Nun machen wir ein Päuschen, dann gehen wir in Richtung Strand, um später vielleicht nocheinmal etwas zu essen. Das Wetter war den ganzen Tag prachtvoll. Keine Durchweichungen wie yesterday.

Wunderbar als early birds beim Italiener nahe am Hafen britisches Rind gegessen. Sehr gut isses gewesen. Im schönen Licht retour. Sonnenfinger durch Wolkenlöcher. Jeden Tag mindestens 7 km geloofen. Bin bei 54 Kilo Gewicht, wenn die Waage hier stimmt.

Und itzo wieder ein tolles Licht am Abend.

3. Septembrius, sunday

Nun bin ich schon vor 6.00 Uhr uffgestanden, wie in Tee. Nur, dass hier Greenwich herrscht und es noch ne Stunde früher ist und demzufolge arge Finsternis waltet. Mit orangefarbenen Straßenlaternen. Ich träum hier äußerst rege. Heute vom Großkopfete und Frau Berghaus, die einen echten Rembrandt im Auto hängen hatten. Den Rest der Nacht habe ich Akwareller gemalt im Traum. Grün war dran, regelmäßige Kreise hab ich verteilt. Und nun hatte ich schon einen wunderbaren Koffie. Sehr angenehm, solch einen Wasserkocher und Zutaten auf dem Zimmer zu haben. Heute der letzte Tag Torquay, morgen nach dem Frühstück wenden wir uns schon nach Harwich. Drei Stunden Zugfahrt, dann von Paddington-Station nach Liverpool Street-Station per U-Bahn und dann noch ne gute Stunde bis Harwich. Für zwei Tage Aufenthalt und dann wieder uff unseren Dampfer, um nach Tee zu gondeln, wo ich dann gleich wieder lesen muß, was die Lücken auf dem Konto dann stopft. Ne Ausstellung von Akwareller wird heute in Brunsbüttel eröffnet! Ohne meine geschätzte Gegenwart, wie erfreulich. Wenn was verkauft würde, wäre es schon sehr wonderful. Und zum Zahnarzt muß ich auch gleich wieder in Tee. Ist mir ein Plombchen davongeloofen.

Für die Nachbarin, welche die Katzen füttert, haben wir ein Mitbringsel. Eine wunderbare Tasse, Queen Mum in Hellblau, itzo zu ihrem hundertsten Geburtstag hinausgeworfen. Mit Hut und Goldrand.

Nun kann ich das Wetter sehen. Sehr zart bewölkt, es wird sicher noch prachtvoll. Die Autos schlafen noch.

Wir haben gestern im tiefen Forst viele Brombeeren gegessen. Heiße Brombeeren in der Sonne. Das war sehr schön und Moses hat sich in einem kleinen shop zum Andenken noch ein Gläschen Brombeermarmelade gekauft. Die rote Erde hier aber ist ein Schmuckstück. In den Parks hier am Meer die Blumenrabatten in Rot und Violett zum Beispiel von grünem ornamentalem Rasen umgeben auf rother Erde – diesz sieht ganz wahnwitzig aus. Oder so ein Trampelpfad in Rot durch die Wiesen über den Horizont – sehr wundersam isses. Und der beleuchtete Osthorizont gestern Abend zur Sonnenuntergangszeit – einfach irre. Auch die Terrakotten aus der Zeit der Jahrhundertwende im Museum, das Rot und nur sehr sparsam Farbe druff – ne türkisene Linie oder a bisserl schwarz.

Die moderne pottery dagegen, die wir gestern in Cockington sahen, hatte die schöne Tonfarbe grässlich glasiert. Auch die Maler, die anwesend ausgestellt hatten, waren ganz fürchterlich. Nur eine Metall-Löterin machte sehr schöne Wetterfahnen und dergleichen. Ne schöne Schildkröte zum Beispiel aus einzelnen Metallstücken. So groß wie ein Vierpfundbrot, sagen wir mal. In dem wunderschönen Ilex-durchwaxenen Wald gestern eine uffgegebene Farm. Sehr gut erhalten, das Schieferdach aller Gebäude OK. Die soll wieder instandgesetzt werden und das dazugehörige gewellte Land wieder mit Apfelbäumen bepflanzt werden zur Cider-Gewinnung, wie es ja noch Thomas Hardy beschreibt. Es werden aber noch Sponsoren gesucht. Die Farm mit einer Seite im Wald, der Rest aufm Hügel mit großen Hecken und mit Bäumen gesäumten Wiesen. Dort hatten wir die besten Brombeeren gefunden.

Dann gab es noch die Katze Jessica in einem Andenkenladen, die im Schaufenster schlief und daneben ein Zettel mit einer hübschen Zeichnung, wie sie da schlief, und darauf stand, daß sie Jessica heiße und man sie doch wohl nicht stören wolle durch Klopfen oder andere Untaten.

Also, wir sind nach dem Frühstück, welches ein ausgelassenes fröhliches Sonntagsfrühstück mit mindestens 6 oder 7 indischen kleeneren Kindern war, zum Bahnhof und nach Paignton gefahren. Schon vor dem Bahnhof hörten wir den uns nun schon bekannten begeisterten Ticket-Verkäufer sein »A ticket to Paignton? Certainly, sir!« krähen. Paignton ist ein eher proletarischer Badeort und dort ist auch der Zoo. Ein moderner, sehr hübscher. Mit einem Tropenhaus und einem Wüstenhaus. Wo später ooch die ollen Affen im Freien waren. Sehr hübsche Orangs, sehr freundlich zueinander. Ooch die Galapagos-Schildkröten bewundert. Mindestens neun Stück, alle als Babies vom Zoll direkt in den Zoo. Vor über zwanzig Jahren. Wunderbare Schlangen, Giraffen, Katzenbären zum Küssen. Und so weiter und so weiter. Kleene Affen glucksend im Freien in ganz hohe Bäume. War sehr schön. Dann wieder durch den Kleinstadtsonntach zum Bahnhof und retourniert. 17.17 Uhr wieder im Hotelle an Ort und Stelle.

20.00 Uhr: hab die Sonn schon verschwinden sehn und mir nochmal die Haare gewaschen, denn in dem nächsten Quartier gibt es kein eigenes Badezimmer. Und ooch schon ein paar Klamotten zusammengeworfen, den Rest dann morgen. Ganz nett, sich so allmählich wieder dem Hafen zu nähern. Erst dem einen, dann dem anderen. Lese noch die Gedichte von Edward Thomas. Gottlob reimt er nur unmerklich seine Geschöpfe. Jetzt dusche ich. Auf Vorrat. Morgen in die Früh schon wieder und wieder.

4. Septembrius, monday

6.00 Uhr uffgestanden. Hab ich noch Muße, was der beste Zustand ist. Bevor wir reisen und reisen und reisen. Eu Gott, was sind wir rumgerannt in Old England! Nun also wieder Paddington! Der Bahnhof dort ist gänzlich modernisiert. 93 und 94 war ich dort. Was würde Agatha wohl dazu sagen?

Mal den Rest zusammenwerfen. Im Radio wiederum alles über Cricket. Wir haben sie auch spielen sehen. Hier gegenüber vom Hotel sind Sportplätze. Und wie wird das Wetter? Anscheinend wunderbar. Es ist noch nicht absehbar in der Realität. Hab mir schon einen netten Koffie gemacht. Das ist sehr schön in Britannien, daß man auf seinem Zimmer einen teamaker hat. Mit dem man ooch Koffie kochen kann. Und Zucker und Sahne und zwei Kekse. Ich muß mal meine Fahrkarten suchen. Haben wir nämlich noch von der Herfahrt. Die Eisenbahner hier sind sehr freundlich und beraten einen freiwillig. Daß Hin- und Rückfahrt billiger ist als nur eine Fahrt, selbst wenn man sie nicht braucht und so weiter.

Ich darf um Gottes Willen den Felix nicht vergessen. Ein kleen schwarzweißer Kater, der aus Eng-

was aufzuschreiben ein. Doch noch die zwei wundersamen großen angemalten metallenen Schwäne auf dem Tore von Torre Abbey woran wir jeden Tag ein paar mal entlang gekommen sind. Schwanenliebe! Hab ich gedacht.

18^{53}h: in Harwich also unter Mühen gelandet. The Captain Fryatt Hotel geheißen. Dies Stück Harwich ist von eigentlichen Einwohnern gänzlich verlassen. Nur noch Zollmenschen und andere Hafenbedienstete wohnen anscheinend hier. Jedes 2. Haus ist zu verkaufen. Das Hotel dann ist etwas desolat. Es gibt nicht mal ein Stuhl, kein Zahnputzglas. Fast wie im Stundenhotel. Aber ganz lustig. Haben uns aus der Kneipe was zu trinken geholt und ruhen uns aus! In London war der Circle, die U-Bahn, ausgefallen und man mußte mit andere Linien fahren. Das dauerte etwas länger. Der Zug gen Harwich fuhr uns ein Anschlußzug weg, weil diese excentrischen Briten wieder mal Verfrühung machten. Kannte ich ja von E3 schon. In Manningtree war das. Wir kamen 38 an, 40 sollte er fahren, war aber schon mindestens 35 gefahren. Major wir sind dann auch noch hier gelandet. Allerdings mußten wir noch ne zusätzliche Fahrkarte kaufen weil es ne andere Eisenbahngesellschaft nun war die hier fuhr. Major, so ist das unterwegs.

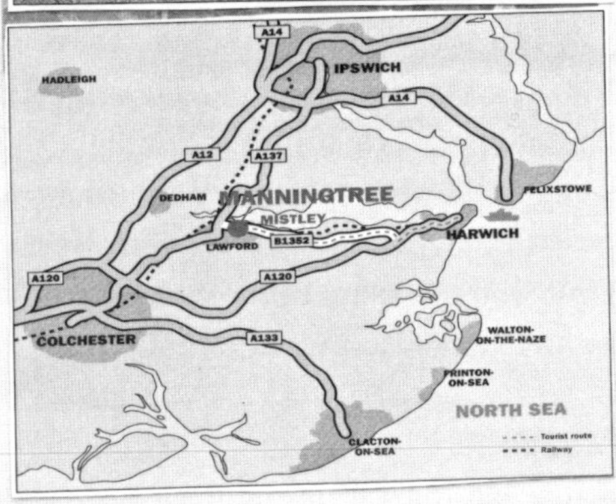

A14
IPSWICH
HADLEIGH
A14
A12
A137
DEDHAM
MANNINGTREE
MISTLEY
LAWFORD
B1352
HARWICH
FELIXSTOWE
A120
A120
COLCHESTER
A133
WALTON-
ON-THE-NAZE
FRINTON-
ON-SEA
NORTH SEA
CLACTON-
ON-SEA
Tourist route
Railway

land stammend mir uff irgendeine Lesereise zugekommen ist und nun im spitzen Zimmer neben dem Computer seinen Stammplatz hat. Wir haben in St. Ives seine größeren Brüder im Spielzeugladen getroffen. Ich hab immer noch lediglich drei Gepäckstücke einschließlich Rucksack. Moses hat schon vier sehr schöne Bücher, hat er wiederum entdecket. War so hübsch da im Schloß uff Mount St. Michael, als wir durch alle möglichen Waffenzimmer in die sehr hübsche gemütliche Bibliothek gelangten, da sagte er aus vollem Herzen, daß er am liebsten in solche Bibliothek immer wär. Spielt ein väterliches Gen wohl eine Rolle.

Im Zoo gestern hatten alle Thiere einen rosa Schein von der schönen umgebenden Erde. Die großen Schildkröten ebenso wie die Zebras! Alles leicht pink, das war lustig. Von denen Flamingos ganz zu schweigen, die standen im roten Wasser. Die grazilen Giraffen sahen wie Hollywood-Schauspielerinnen aus. Wie Marlene Dietrich zum Beispül auf so schöne Beine und mit so hübsche Augen. Ja, so isses alles gewesen. Und mir fällt immer was uffzuschreiben ein. Ooch noch die zwei wundersamen großen angemalten metallenen Schwäner auf dem Tore von Torre Abbey, woran wir jeden

Tag ein paar Mal entlang gekommen sind. Schwanenliebe! hab ich gedacht.

18.53 Uhr: in Harwich also unter Mühen gelandet. The Captain Fryatt Hotel geheißen. Dies Stück Harwich ist von der eigentlich Stadt Harwich gänzlich getrennt und von den eigentlichen Einwohnern gänzlich verlassen. Nur noch Zollmenschen und andere Hafenbedienstete wohnen anscheinend noch hier. Jedes zweite Haus ist zu verkaufen. Das Hotelchen selbst ist etwas desolat. Es gibt nicht mal einen Stuhl, keen Zahnputzglas. Fast wie im Stundenhotel. Aber ganz lustig.

Haben uns aus der Kneipe was zu trinken geholt und ruhen uns aus! In London war der Circle, die U-Bahn ausgefallen und man mußte auf andere Linien ausweichen. Das dauerte etwas länger. Auf dem Weg nach Harwich dann fuhr uns ein Anschlußzug weg, in Manningtree, weil diese exzentrischen Briten mal wieder Zugverfrühung machten. Kannte ich von 1993 ja schon. Wir kamen xx.38 Uhr an, xx.40 Uhr sollte der Zug fahren, er war aber spontan schon um xx.30 Uhr mal losgefahren – ohne uns. Naja, wir sind dann auch noch hier gelandet. Allerdings mußten wir noch ne zusätzliche Fahrkarte kaufen, weil es ne andere Eisenbahngesellschaft nun war, die dann fuhr. Tja, so isses in Britain!

Morgen können wir dann mit dem Zug in das eigentliche Harwich fahren. Diesz geht dann wohl OK. Hoffe sehr, daß unsere Sachen hier sicher sind. Sehr zarte Schlösser gehen schon vom Daranspucken auf. Mein Classic Radio FM ist aber noch vorhanden. Meine Rettung! Eben noch im piekfeinen Torquay, itzt fast im Rotlicht. Sehr zum Lachen. Der Lachsack, der Apfel sagt das ooch. Und das Meer ist so blau. Und die Palmen sind weck. Seit Exeter weck. Und ich hör Mozart und alles ist gut.

5. Septembrius 2000, tuesday

Hab gegen den Lärm aus der Kneipe ne Adumbran eingeworfen und mit Classic Radio FM bin ich eingeschlafen. War auch ruhig im Etablissement. Auf dem Dach vom Nachbarhause gegenüber, einem flachen, saßen vier wohlgenährte Katzen, eine rote und drei schwarze, die später wohl hineingelassen wurden. Ein anderes Haus gegenüber ist schon dahin und ein Parkplatz geworden. Noch ein Haus weiter: *Happy Shopper! Parkeston Post Office and Stores.* Da muß ich doch mal reinschauen, wenn später geöffnet ist. Denn leider ist es noch sehr früh. Mal schaun, wie icke mir die Zeit hier vertreib. Frühstück um 9.00 Uhr, hat die wackere Wirtin gesagt. Die sun ging ooch uff. Jetzt starte ich mal einen Entdeckungszug in die Bäder im Erdgeschoß.

Diesz ist übrigens das Hotel mit der berühmten nackten Glühbirne als einziger Lichtquelle, wenn es dunkel ist. Hab ich lange nicht gesehen. Dafür sind sie freigiebig mit Radiatoren. Hab auch schon einen an am frühen Morgen. Bei leicht geöffneten Schiebefenstern. So habe ich es sehr erträglich in diesem spartanischen aber frischgemalten Hotelzimmer. Ohne Tisch und ohne Stuhl. Ein Bett (ordentlich), eine verrottete Kommode, ein Waschbecken und dieser Radiator. Dazu ein räudiger Fernseher und ein Papierkorb, das ist es schon. Ist eben die billigste Kategorie von B&B. Was anderes gibt es hier nicht. Hätten wir ins richtige Harwich gemußt. Hatten uns aber für »Harwich International« entschlossen. Ist aber interessanter als das Normale. Die Bewohnerinnen aber vom Haus gegenüber mit den vier großen Katzen, die dann auch reingelassen wurden in eines der Fenster, die wären von Sir Matthew Hopkins als Hexen verbrannt worden. Der stammte aus diesem Flecken und machte Karriere, Wer ne Hexe anzeigte, bekam ne Belohnung. Dann die übliche Hexenprobe.

Das post office hat sogar schon geöffnet, daß die Menscher sich womöglich sogar ne Zeitung kaufen können. Wir aber haben beschlossen, den Captain Fryatt zu verlassen und im eigentlichen Harwich noch ein besseres Quartier zu nehmen, weil man ja von hier nirgendwohin kommt, sogar nur mit Mühe zum Schiff dann. Höre den englischen Zaunkönig vor den Katzen warnen. Also auf nach Harwich!

Wir haben uns dann ein Taxi bestellt und der sehr nette driver hat uns bis Harwich town zu den besten Bed & Breakfast-häusern gefahren. Nun wohnen wir im Hanover Inn gleich neben der Kirche mit einem wunderbaren Schleichweg durch mehrere Höfe wenn der Pub geschlossen hat oder man da nicht durch will. Wir sind am Meer lange entlang das nun nimmer blau sondern grau! so grau! aussieht. Die ganze lange Mole lang als die See schon nach uns leckte. Bis zur Queen Victoria, die mit dem Rücken zur See steht. Durch die kleine wunderbar normale Stadt. Der Tourismus war schon dahin. Wenige Spaziergänger am Meer. Niemand!!! im Wasser. Wir gingen zum Lunch in das beste Hotel mit Meeresblick und bekamen ein großartiges Meal mit einem Biere. Ich ein alkoholfreies Guinness was sehr gut schmeckt. Stand ein Ahorn etwas weiter vorm Fenster, in dessen Astgabel ein schönes Segel-boot sich gerade befand als ich durchsah.

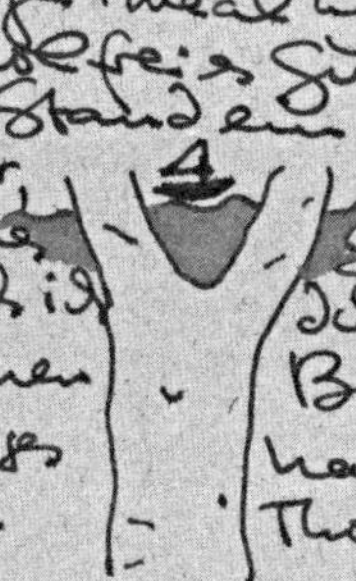

Wir haben dann noch einen Buchla-den frequentiert und Moses hat wieder einen Klassiker gefunden.

Thomas

Zumal man hier noch nicht mal ordentlich lesen konnte mit der schwachen nackten Glühbirne!

Wir haben uns dann ein Taxi bestellt, und der sehr nette driver hat uns bis Harwich town zu den besten Bed & Breakfast-Häusern gefahren. Nun wohnen wir im Hanover Inn gleich neben der Kirche mit einem wunderbaren Schleichweg durch mehrere Höfe, wenn der pub geschlossen hat oder man da nicht durch will. Wir sind am Meer lange entlang, das nun nimmermehr blau sondern grau ist. Schon wieder die heimatliche Nordsee! Die ganze lange Mole lang, als die See schon nach uns leckte. Bis zur Queen Victoria, die mit dem Rücken zur See steht. Durch die kleene wunderbar normale Stadt. Der Tourismus war schon dahin. Wenige Spaziergänger am Meer. Niemand!!! im Wasser. Wir gingen zum lunch in das beste Hotel mit Meerblick und bekamen ein großartiges meal mit einem Biere, einem sehr wohlschmeckenden Guinness. Moses einen Salat mit einem wunderbar aussehenden Stilton- Blauschimmelkäse darin, sein erster überhaupt. Stand ein Ahorn etwas weiter vom Fenster, in dessen Astgabel ein schönes Segelboot sich gerade befand, als ich durchsah. Wir haben dann noch einen Buchladen frequentiert und Moses hat wieder einen Klassiker gefunden, noch nen Thomas Hardy! Dann eine kleine Pause. Später sind wir noch uff zwei Leuchttürme gestiegen mit allerlei maritimem Kram. Auf dem kleinen durfte man draußen sich vom Winde umarmen lassen. In dem großen gab es eine umfangreiche Radio-Sammlung so ab den Dreißiger Jahren. Später die TVs noch dazu! Ich fand so ein Radio-Modell, wie ich es aus meiner frühesten Kindheit noch kenne. Das im letzten Kriegsjahr aber abgegeben werden mußte. Weshalb weeß der Kuckuck! Kann mir das jemand sagen? Und warum mein bescheuerter Vater, dessen Hertze doch sehr sehr an solchen Radios hing, der Aufforderung Folge leistete? Hätte doch niemand kontrolliert. Andere hatten ja nur den sogenannten Volksempfänger, die Goebbelsschnauze, wir aber einen schönen sehr großen wie Bauhaus aussehenden Apparat.

Als wir retour waren, haben wir uns einen Koffie bzw. Tee gekocht in einem gemeinsamen Gästesalong. Nach 18.00 Uhr wollen wir noch zu einem Inder, den wir entdeckten. Die letzten Pfunde verschleudern.

Haben sehr wunderbar bei dem kleinen Inder gegessen. Im strömenden Regen am Meer retour. Etwa 25 Minuten. Die See sah wunderbar aus, asphaltgrauschwarz, sagen wir mal und sie verließ das Ufer gerade wieder ein wenig. Die mickrigen kleinen Möwen waren erheiternd. Niemand außer uns unterwegs. Ein einziger Mensch kam uns entgegen und hat holdseligst gegrüßt.

Ich hab geduscht, die Heizung uffgedreht und bin quasi zu Bett. Heute keen Mangel an Leselampen, Tischen und Zahnputzbechern. Auch Wasser kommt nahezu lautlos aus der Leitung. Im gestrigen Kwartier gurgelte das ganze System, wenn irgendwo irgendwer die Leitung bediente. Geht es uns heute ja Gold. Morgen schiffen wir uns langsam dann ein. Dann ist der Sommer auch gleich vorbei, wirste sehn.

6. Septembrius, wednesday

6.00 Uhr ist es und bewölkt. Im Radio Chopinski. Dann Nachrichten und Reklame. Na bravo. Heute verlier ich den Sender. Sonne und raining, 16–20° C. Naja. Reste vom Sommer perhaps. Moses fährt ja noch einmal in den Süden, so nix dazwischen kömmt. Heute keen Streß hoffentlich. Brauchen ja nur noch bis 15.00 Uhr an Bord. Das ist gut genug für einen Reisenden quer dauernd durch Britannien. Hab ich ja für Goethes schon mal gemacht, damals '93 bei denen Universitäten. Bis Glasgow und Edinburgh. Jeden 2. Oder 3. Tag in den train. Da hab ich ooch schon erstaunt festgestellt, daß es passieren kann, daß ein Zug vorfristig schon abgefahren ist, wenn man abgehetzt ankommt. Diesz ist schon ganz schön excentrisch indeed!

Sagen die sich: voll ist es, fahren wir los. Sind wir auf jeden Fall pünktlich am Ziel. Die, welche im Zug sitzen, sind sowieso einverstanden.

Noch ein Frühstück auf der Insul. Dann eins auf dem Schiff. In Tee ist der Kühlschrank annähernd leer. Müssen wir gleich was holen. Nun hab ich schon fast alles gepackt. Keenen vergessen. Felix nicht und nicht den lachenden Dritten.

Jedenfalls ist es beruhigend, nun zu wissen, wie es in Harwich in etwa aussieht, wovon man sonst nur den Fährterminal kannte und ne Silhouette von die kleine Stadt, die Leuchttürme und die Kirche von weitem. Und nun haben wir neben der Kirche gewohnt, sind in die lighthouses herumgekrochen. Diesz hat das Kind sich sehr gut ausgedacht. Was aber ooch nicht zu leugnen ist: ich freu mir uff Tee, uff meine Papiere, das angefangene Buch *Schwanenliebe*, die Akwareller, die paar tropischen Bäume, die wir haben und in Devon und in Cornwall getroffen haben. Diesen Tulpenbaum, den Trompetenbaum, die Sequoia, die Zypresse, die Platane und nicht zu vergessen das Zymbelkraut an unserem Hausfelsen überall. Wenn ooch alle etwas kleener sind als die subtropischen Verwandten. Es schickt sich die sun an, hervorzukriechen aus hellgrauen perlmuttrigen Wolken. Schöne Eiben, Wacholder, Ulmen, Eichen, Linden etc. haben wir selbstverständlich auch. Und Eschen, Silber- und andere Pappeln. Ahörner und Erlen nicht zu vergessen. Und alle Arten Weiden und eine schöne Buche. Ein Christusdorn. Ebereschen.

Beim Frühstück hier mit 2 Burschen am
Tische gesessen. Einer etwas älter als Moses,
der andere eher etwas jünger. Der ältere ein
Amerikaner, der schon nahezu 1 Jahr durch
Europa tourt. Längere Zeit in Holland war.
Der jüngere from Australia. Der will nach
einige Zeit wieder retour. Sie brauchten
viel Ketchup alle zwei, am liebsten immer
Koffie ooch noch kann sie bekümert. Na das
war ja sehr interessant. Leider is mein sog.
Englisch nicht gut genüch, um mitzuhalten.
Aber verstehen kunnt ich wenigstens was.
So das war das breakfast. In eine Stunde
etwa ziehen wir weiter. Dann waren wir
24 Stunden in Harwich-town. Immerhin.

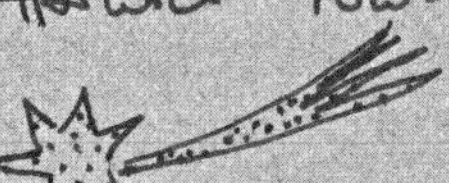

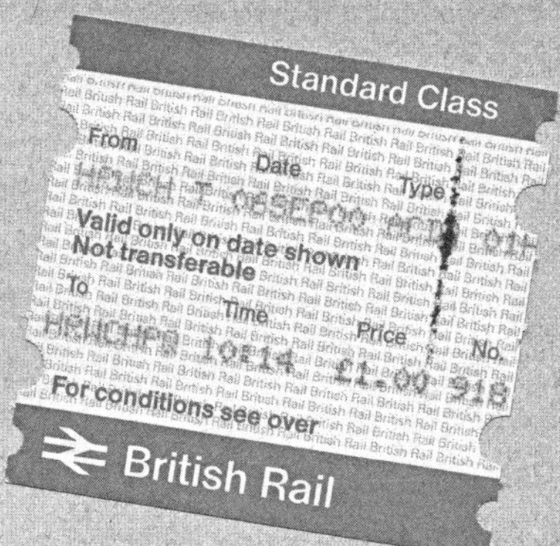

Beim Frühstück hier mit zwei Burschen am Tisch gesessen. Einer etwas älter als Moses, der andere eher etwas jünger. Der ältere ein Amerikaner, der schon nahezu ein Jahr durch Europa tourt. Längere Zeit in Holland war. Der jüngere from Australia. Der will nach einiger Zeit wieder retour. Sie brauchten viel Ketchup alle zwei, am liebsten in den Koffie ooch noch, haben sie beteuert. Na, das war ja sehr interessant. Leider is mein Englisch nicht gut genug, um mitzuhalten. Aber verstehen konnte ich wenigstens was.

So, das war das breakfast. In einer Stunde etwa ziehen wir weiter. Dann waren wir 24 Stunden in Harwich town. Immerhin.

16.16 Uhr: nun schon an Bord, aber noch im Hafen. Bei der Ausfahrt wollen wir noch nach denen Leuchttürmen blicken. Moses ist schon an Deck gegangen. Ich warte noch ein Viertelstündchen. Morgen um die Zeit ooch wieder in Tee, was ja keine schlechte Vorstellung ist. Im Momang ist sehr schönes Wetter. Gestern um die Zeit hingen wir uff die Leuchttürme rum. Mal schaun, nach welche Uhrzeit sich dieses Schiff, die *Prince of Scandinavia*, nun richtet.

Oh, bei der Ausfahrt sind wir an Deck gewesen und haben gerührt unser good old Harwich gesehen: den Kirchthurm, den großen und den kleinen Leuchtturm, die Tretmühle, den 500 m langen Wellenbrecher, den wir bis zum Ende gegangen waren. Und das Hotel mit dem Baum davor war sehr lange zu erkennen. Dann machte das Schiff die Kehre und wir gingen nach Backbord und hatten nochmal den Anblick. Haben darnach einen drink im Admiral Pub genommen. Und nun ist etwas Seegang bei heiterem Himmel. Classic Radio FM immer noch in meinem Radio nach 2,5 Stunden Fahrt. Das letzte Endchen Land mit einem schönen weißen Atomkraftwerk ist gerade entschwunden.

Wau, es ist heftiger Seegang! Und so toll ist das ooch nicht für meinen Magen, will ich mal sagen. Ich bin aber müde, genug, daß ich nachher schlafe. Essen gehn will ich nicht. Hab schon was Kleenes gehabt. Morgen das Frühstück genüget. Moses kann aber essen gehn, wenn er will. Ich ruh mir aus und hör diese Musiken, solange sie mir noch erreichen in mein schwankendes Schiff. Nachher beruhigt sich das Meer und die Musik ist auf dem Grund der See.

Das Meer ist so grün heutzutage! Oh yes. Das Schiff schlingert ganz prachtvoll! Auf der Toilette fällt man leicht um. Und es kommen noch mehr Wolken uff. Aber meinem Magen macht das nix aus. Hab ich auf dem Islandschiff heftigeren Seegang erlebt Da fuhr das Schiff mit erheblicher Schlagseite und mußte gelenzt werden. Konnte man nur am Schlingertische essen! Sehr sehr schön perlmuttfarben ist die See nach Westen hin, wo die Sonne nun versinkt, erhöht wie ein Gepürg. Saß in mein Fenster über den Brechern. Leider ist es gleich dunkel. Da geh ich nochmal an Deck und laß mir besprühen.

Nun ist es dunkel. Manchmal sieht man weiße Brecher. Es wackelt kontinuierlich. Wir müssen wohl durch eine Wetterfront, wenn wir nach Hamburch wollen. Ich werde immer müder und werde wunderbar schlafen. Die Müdigkeit obsiegt. Moses wandert noch über das Schiff. Hier ist ne Schulklasse an Bord, so elfte Klasse vielleicht und als wir vorhin an dem Kinderbelustigungsplatz vorüber kamen, der voller bunter Plastikbälle ist, in welche die Kleenen rutschen können, da saßen drei Mädchen von der Schulklasse tief drinnen, schauten nur die Nasen und Arme raus und siehe da, ein langer wohlerzogener Engländer war den Damen in die bunten Bälle gefolgt. Wir drückten uns mit anderen Passagieren die Nasen an der Scheibe platt und mußten fleißig lachen. War ein sehr netter Anblick. Besonders der lange Engländer, der mindestens 26 war, aber nicht hatte widerstehen können. Die Reisenden, besonders ältere Engländerinnen, fanden das Bild sehr entzückend. Und ich muß ooch noch immer lachen. Na, nun schlafe ich aber wirklich a bisserl. Und zwar in mein Schlafanzug. Wenn auch der Transport wie von tollpatschigen Riesen vor sich geht!

7. Septembrius, thursday

Bis um 8.00 Uhr geschlafen. Einmal bin ich aus meiner Koje gerollt, da fuhr diesz Schiff hochkant. Und a bisserl Kopfweh hab ich ooch von dem Geschlinger. Nun sieht die See nimmer nach Constable aus mit Ufersaum und cottages druff wie gestern noch lange Zeit. Man denkt: hoffentlich sieht in Tee noch alles so aus, wie wir es wollen. Werden wir in spätestens acht Stunden sehen.

Land ist noch nicht zu sehen, nur ein paar Fischer. Und über der See graue Wolken und ein hellerer Horizontrand. Immer noch grobe Wellen und Schaumkronen druff. Über Nacht sah es toll aus: der Ozean war eine Landschaft mit Bergen und tiefen Tälern, worinnen weiße Lachen schwammen und hochgezogen wurden. Wurde auch versucht, das Schiff einzuwickeln in diese feingesponnenen kostbaren Tücher. Sehr gut, daß die See milder nun ist. Und es regnet und sieht schon hier nach Herbst aus. Weil und obgleich keen Baum zu sehen ist.

Als wir beim Frühstück saßen, sagte der Kapitän entschuldigend, daß er sich in der Nacht (als ich aus dem Bett fiel, alles vom Schreibtisch in der Kabine herumflog, der Hocker bis an die Tür segelte) einen Ausweg aus den Schlechtwettergebieten suchen mußte und wir deshalb ne Stunde Verspätung hätten. Sind schon uff die Elbe, an dem entzückenden Atomkraftwerk Brunsbüttel vorüber. Noch alles in allem ne Stunde. Dann checken wir aus und arbeiten uns wiederum Tee entgegen.

Das war jedenfalls ne sehr sehr hübsche Reise.

FINIS

»Nö, ich will in keene Luxusstadt hocken!« – im Urlaub nicht und sonst auch nicht

Ein nachgerufenes Nachwort

Der Weg zu Sarah Kirsch war beschwerlich: Wer sie in dem alten Schulhaus besuchen wollte, in dem die Kinder von Tielenhemme am Eiderdeich bis 1970 noch lesen, schreiben und rechnen gelernt hatten, der hatte eine regelrechte Irrfahrt hinter sich zu bringen, kreuz und quer durch die Moore und Niederungen südlich der Eider, Schleswig-Holsteins Fluss, der bis 1864 die Südgrenze Dänemarks markierte und sich wie ein Mäanderband von Rendsburg nach Westen kringelt, wo er bei Tönning in die Nordsee mündet. 1983 war Sarah Kirsch hierhergekommen, nachdem sie erst der »ersten Hälfte ihres Landes« und dann West-Berlin den Rücken gekehrt hatte – und vielleicht auch der ersten Hälfte ihres Lebens mit allen Anziehungs- und Abstoßungskräften, die in der DDR, dem sozialistischen Arbeiter-und-Bauern-Staat, auf sie einwirkten. Günter Kunert war es, der sie auf das alte Schulhaus an der Eider aufmerksam machte – er selbst wurde nach seiner DDR-Ausreise in einem Dorf unweit von Itzehoe sesshaft, weil auch dort die Kinder jetzt auf die Dörfergemeinschaftsschule gingen und die alten Schulhäuser mit Lehrerwohnung und Klassenzimmer den Dichtern zu Refugien werden konnten. In Schleswig-Holstein, zwischen dänischer Grenze und Elbe, zwischen Nord- und Ostsee, hatten sich in jenen Jahren nicht nur Kunert und Kirsch, sondern auch Peter Rühmkorf und Franz Josef Degenhardt, Siegfried Lenz und Günter Grass, Arno Surminski und Jurek Becker, Wolfdietrich Schnurre und Helmut Heißenbüttel, allesamt gewichtige Stimmen der deutschen Gegenwartsdichtung, angesiedelt und das Land zwischen den Meeren zu einem, so sagte es der ebenso dort angekommene Uwe Herms, »Schlupfwinkel der Literatur« gemacht. Was die Erzähler, Dichter, Sprachexperimentatoren im ländlichen Norden suchten und fanden, war augenfällig: den hohen Himmel, die Nähe des Meeres, die Weite der Landschaft, die Abgeschiedenheit, die die Möglichkeit zum ungestörten Arbeiten gab. Die Schriftsteller revanchierten sich vielfach damit, dass sie Land und Leute in ihre Gedichte und Essays, Erzählungen und Romane einschrieben. Aber bei keinem war die ländlich-literarische Wechselwirkung wohl so eng und so ergiebig wie bei Sarah Kirsch. Und bei aller Umständlichkeit der Topographie – Sarah Kirsch und ihr Sohn Moritz siedelten nicht im Nichts, sondern zogen geradewegs hinein in eine literarische Landschaft. Als literaturgeographische Bezugspunkte steckten Husum mit Theodor Storm, Wesselburen mit Friedrich Hebbel und Heide mit Klaus Groth den Rahmen ab. In den Jahren, in denen Sarah Kirschs alte Schule geplant und gebaut wurde, ziemlich genau ein Jahrhundert, bevor die Dichterin hier einzog, dampfte Jules Verne mit seiner Jacht die Eider hinauf, und sein Bruder Paul beschrieb die urwüchsige Schönheit der Ufer links und rechts, und dies wiederum hatte Arno Schmidt aus Bargfeld an die Eider gelockt, um als Leser der Verne'schen Reisereportage an der Wirklichkeit Maß zu nehmen, um diese Landschaft schließlich zum Schauplatz seiner »Novellen=Comödie« *Die Schule der Atheisten* zu erwählen.

Auch mein Weg zu Sarah Kirsch nach Tielenhemme war beschwerlich. Der erste Versuch einer Kontaktaufnahme scheiterte. Meine telefonische Interviewanfrage im Jahr 1985 für die Regionalzeitung beschied Sarah Kirsch kurz und knapp vor dem entschiedenen Auflegen des Hörers: »Dazu habe ich keine Lust!« Erst im Lauf der Jahre ergaben sich zwischen uns nach und nach Begegnungen und Korrespondenz, schließlich Schriftentausch und Assistenz. Unsere Lebenswege kreuzten sich in Dithmarschen – Sarah Kirsch war auf dem Weg hinein in die Abgeschiedenheit mit Moorschnucken und

Esel auf dem Eiderdeich, ich war auf dem Weg hinaus, weg von den blökenden Schafherden auf dem Elbdeich. Wenn sie denn einmal in die Stadt musste, ging es nach Heide, Dithmarschens Kreisstadt, oder nach »Rendsborough«, nach Rendsburg, zum Friseur, zum Fahrkartenkaufen am Bahnhof oder in den englischen Laden in der Nähe des Paradeplatzes im alten barocken Festungsviertel Neuwerk, in dem es englische Seifen und Düfte, Kekse und Marmelade, Hüte und Shawls, Möbel und britannische Silbersachen zu kaufen gibt. »Nö, ich will in keene Luxusstadt hocken!«, postulierte sie in *Märzveilchen*, und: »Wo es einem das Herz abdrückte, so es um lauter Tand da ginge, den man andauernd sieht. Weshalb ich da weggemusst habe … Ich verlier mir hier lieber.«

Sarah Kirsch verwurzelte sich im schwankenden Moorboden, und die Eiderniederung wurde ihr zum erwanderten Lebensraum. Sie spazierte – ging »spazoren« – durch die Wiesen, an der Eider, im Wattenmeer, auf dem Deich. Sie trat sich eigene Pfade aus in bester Gesellschaft mit Gänsen und Schwänen, Krähen und Fasanen, und Henry David Thoreau hätte sie vielleicht als »festen Bestandteil der Natur, nicht als Glied der Gesellschaft« erkannt. Während der amerikanische Essayist und Naturbeobachter seine Aufmerksamkeit auf die Schwarze Heidelbeere und wilde Äpfel richten konnte und sein Leben in den Wäldern nicht als Eskapismus verstand, sondern als Experiment, richtete sich Sarah Kirsch in der zunehmenden Einsamkeit ein, weniger »der Droste jüngere Schwester«, wie Marcel Reich-Ranicki sie nannte, als vielmehr Thoreaus Wiedergängerin, die das Elend der Welt, der Kriege, der Umweltzerstörung sieht, aufnotiert und einflicht in ihr poetisches Mitschreiben des Zeit- und Weltgeschehens wie des botanischen Jahreslaufs mit Teichlilie, Wollgras und Kuckuckslichtnelke. Ihr wurde das Landleben am Eiderdeich, am Weltenrand, nicht zur wirklichkeitsabgewandten Ausflucht, sondern zum Wunderland, in dem nach Johann Gottfried Herder »sonder Tand und sonder Schall man ist und hat« und wo man »strebt, statt Schein zu seyn«.

Diese Landschaft in der Nähe der Nordsee mit dem Wattenmeer als amphibischem Zwischenreich, mit der pappelbestandenen Eider, mit federnden Mooren und Kuhweiden, mit wolkenbefahrenem Himmel, dem schon Emil Nolde seine himmlischen Farbspektakel abgeschaut hatte, mit verschleiernden Nebeln spiegelt sich in Sarah Kirschs Gedichten und zeigte sich als Landschaft, die der skeptischen Natur der Dichterin entsprach. Sie schaffte sich blökende Gesellschaft an, Schafe und Schnucken und Esel, als wollte sie für sich die

Richtigkeit des Satzes beweisen, den der Bauer Bjartur in dem Roman *Sein eigener Herr* vom verehrten Halldór Laxness sagte: »Wo das Schaf lebt, da lebt der Mensch.«

Und doch musste Sarah Kirsch ihr Tielenhemme, ihr T., ihr Tee, bisweilen verlassen – etwa wenn sie, auch, vor allem, um Geld zu verdienen, auf Lesereise gehen musste, auf »Alphabetisierungsreise«, wie sie fand, nach Heide, Eutin und Kiel, nach Göttingen, Tübingen und Stuttgart und in den Osten. Ihre Gedanken gingen dann zurück nach Tielenhemme – nicht in die Beschränktheit der Provinz, sondern in die Weite der eigentümlichen Kulturlandschaft, die uns vordergründig als Natur erscheint. Oder sie musste einen Verlag besuchen, um die Arbeit an einem neuen Buch voranzutreiben. Oder sie wollte verreisen, mit dem Sohn übers Meer. Auch dann wollte sie »in keene Luxusstadt hocken«. Es ging nicht nach Berlin, Paris, London oder in eine andere europäische Metropole oder womöglich auf andere Kontinente. Vielmehr hatte sie eine besondere Vorliebe für die Meeresanrainer im Norden: Nach Irland reiste sie und nach Island. Sie hatte den bewunderten Halldór Laxness auf Island besucht, und nur da kam ihr Tielenhemme auch einmal ganz anders in den Sinn. »Nun müssen wir in T. alles verkaufen und bleiben hier.«

Mehrmals ging es per Schiff auf eine »britannische Inseltour«, auf den Spuren der Angeln und Sachsen, die eineinhalb Jahrtausende zuvor von der Kimbrischen Halbinsel – von den Ufern der Eider – übers Wasser auf die Britischen Inseln übergesiedelt waren. Fünf Mal war sie schon dort gewesen, im Jahr 2000 ging es mit ihrem Sohn in den äußersten Südwesten Englands – Land's End in Sichtweite –, quasi von einem Ende der Welt zum nächsten. Aus der Einsamkeit der Eiderniederung in eine Gegend, die durch ihre Augen gesehen wie ein pittoreskes Gartenland wirkt, malerisch und maritim, mythenreich und mediterran. Sarah Kirsch fand ihr Arkadien am Nordatlantik. Verabschiedet sieht sich die Passagierin auf ihrer Fähre zur Insel vom Atomkraftwerk Stade, zwei Wochen später wieder willkommen geheißen vom »entzückenden« Atomkraftwerk Brunsbüttel – die Schreckenssymbole der modernen Welt markieren die Grenzlinie zwischen dem Alltag und Arkadien.

Auch in Devon und Cornwall, in St. Ives und Torquay gehen ihr ihr »Tee« und die Nachbarin, die daheim die Katzen füttert, durch den Kopf, und auch an lästig erscheinende Lesereisen muss sie denken, damit wieder Geld reinkommt. Ernüchternd pragmatische Gedanken. »Ne Ausstellung von Akwareller wird heute in Brunsbüttel eröffnet!

Ohne meine geschätzte Gegenwart wie erfreulich. Wenn was verkauft würde, wäre es sehr wonderful.« Ich hatte damals die Ehre, diese Ausstellung zu eröffnen. Es war wohl die erste Präsentation ihrer kleinformatigen Aquarelle – Bildchen, genauso poetisch wie ihre Gedichte und doch ganz anders und für sie selbst keine richtige Kunst, sondern Liebhaberei, Atemübung. Nicht reduziert und ausgefeilt, sondern spontan, gestisch, überschwänglich und dekorativ. Über die Aufmerksamkeit freute sie sich: »Ich wildere in fremden Revieren«, schrieb sie mir einmal, »und schieße mir einen knallroten Fuchs ab!« Ein Blick aus dem Fenster zu Hause in Tielenhemme inspirierte sie dabei: »In Dithmarschen gibt es so irre Farben«, so sagte sie, »ich könnte ständig nach Farben gucken!« Und auf der englischen Reise ist ihr Augenhintergrund für die Farbgebung zu Lande, zu Wasser und in der Luft erst recht empfänglich: »Das Meer ist so blau so blau«, notiert sie etwa, »wunderschöne hellgraue Himmelsfarb«, und: »Wunderbare Farben, ein silberweißes Spitzengrau wie für Herrn Turner, später das Meer schwarzer Lack.« Diese Farbeindrücke nehmen sie so ein, dass sie noch in Torquay malt und aquarelliert – nachts, schlafend, im Traum. Die Tage verlaufen unspektakulär, und die Dichterin notiert ihre Eindrücke in bildreicher Sprache. Sie schaut sich mit Sympathie in der Landschaft Agatha Christies und Rosamunde

Pilchers um und schreibt mit feinem Spott: »Pilcher – Sardine. So schaut es nämlich aus.«

Auf der Reise fand sie eine Tasse mit Queen Mum und Goldrand als Mitbringsel, und das war wohl die einzige Kostbarkeit, die sie sich gönnte. Ansonsten spricht das Tagebuch nicht von englischer Seebadherrlichkeit, sondern auch hier vom simplen Leben und vom Geglucker in den Abwasserrohren der Pension; Kaffee machen, Haare waschen, Radio hören, Fischbrötchen holen, Handy aufladen und »ooch schon meine Wäsche gewaschen«.

Das Reisetagebuch »Ænglisch« vom August / September 2000, das im September 2012 seine endgültige Gestalt fand, fügt sich in Form und Inhalt, in Tonalität und Sprachduktus in eine Reihe von Büchern, mit denen Sarah Kirsch Mosaikstein für Mosaikstein ein Bild vom einfachen Leben auf dem Land zusammenfügt, zu einer großen Erzählung über die Jahrzehnte in der Dithmarscher Einsamkeit. Erst *Irrstern, Allerlei-Rauh, Schwingrasen* und *Das simple Leben*, dann *Regenkatze, Krähengeschwätz, Märzveilchen* und *Juninovember*. Sarah Kirschs Prosastücke können als eigenständige Werkgruppe neben der Lyrik stehen. In diesen poetischen Miniaturen fließen Alltagsnotizen, Naturbeobachtungen und Nachrichtensplitter über den Zustand der Welt ineinander.

Uwe Barschels Affäre in Kiel und sein Tod in der Badewanne, Rudolf Scharpings politisches Ende nach Freizeit im Swimmingpool, die Kriege von George Bush, die fortschreitende Umweltzerstörung, dieser Welt hat Sarah Kirsch den Rücken zugekehrt, und doch nimmt sie das Zeit- und Weltgeschehen wahr. Mit einem Grundton der Vergeblichkeit, der Hoffnungslosigkeit erschreibt sie in diesen Büchern eine besondere Musikalität, einen zweiten »Sarah-Sound«, der eigenständig neben dem Sound ihrer Gedichte klingt und nachhallt. In diesen Büchern formuliert sie eine virtuose Kunstsprache, märchenhaft und umgangssprachlich, lautmalerisch, berlinerisch und altertümlich gleichermaßen. Nebel wird zu Nebuhl, statt spazieren zu gehen, geht sie spazoren und statt Kaffee trinkt sie Koffie. Den Variationen der kalendarischen Grundbegriffe, den Maßeinheiten des Tagebuchs, sind durch lautmalerische Verwandlung – fast dadaistischer Slapstick – kaum Grenzen gesetzt: Mohntag, Dienst, Mistwoch, Donner, Freitach, Sams, Sonnentach und Jaguar, Zebra, Nerz, Mandril – im englischen Tagebuch heißt es freilich monday bis sunday.

Während sie auf der englischen Reise von der Gartenkunst schwärmt, zeugen die Prosastücke ihrer Bücher davon, wie ihr eigener Garten verwildert. Sarah Kirsch ist gelernte Naturwissenschaftlerin und hat einen wachen Blick fürs Wetter, sie verzeichnet die Besuche von Wacholderdrosseln, Eiderenten, Fasanen und Schwänen als ornithologische Momentaufnahmen, die wie melancholische Anwehungen klingen und poetische, flüchtige Glücksmomente festhalten. Die Kunst der Dichterin kann reale Beobachtungen in pure Poesie verwandeln, aber eine Idylle gibt es nicht zu besichtigen: Kreisende Raben, dunkle Wolken, das schwarze Wasser der Eider und »der Falk« erinnern daran, dass auch die Bedrohung in der Welt ist, auch dort am Rande der Welt, wo das Getreidefeld in Flammen steht, der Bauer tote Kühe mit dem Trecker zum Wagen des Abdeckers schleift und der Lebensmüde die Ungestörtheit zum Selbstmord findet.

Seit 1983 lebte und schrieb Sarah Kirsch im alten Schulhaus von Tielenhemme, drei Jahrzehnte später, im Mai 2013, war ein simples Leben zu Ende gegangen. Die Trauerfeier am Eiderdeich fand ihre angemessene Form und war so ganz anders, als andere Abschiede großer deutscher Dichter unserer Tage: Nicht wie bei Walter Jens wenige Tage später in der Tübinger Stiftskirche mit Orgelgebrause und Mozart-Requiem, nicht wie bei Peter Rühmkorf im Juni 2008 in der Hamburger St. Johanniskirche mit Würdenträgern aus Akademien und Politik. Es war ein Abschied ohne repräsentative Blumengebinde, ohne Vertreterinnen und Vertreter des sogenannten Literaturbetriebs, der Abschied von Sarah Kirsch war »sonder Tand und sonder Schall« – ganz so wie ihr simples Leben zuvor. Im Frühjahr 2013 bestatteten wir die Urne mit ihrer Asche in kleinstem Kreis im verwilderten Garten in Grußbeziehung zu Sarah Kirschs Arbeitszimmer, legten Wollgras ab, ich pflanzte eine Astrantia major, eine Sterndolde, die der Volksmund in Schleswig-Holstein wegen der Form der Blütenkörbchen »Herrn Pastor sien Knöp« nennt, und wir tranken ein Glas Champagner zu Ehren der verstorbenen Dichterin. Da sah ich doch wahrhaftig und wirklich! wahr! einen roten Fuchs am Gartenzaun vorbeischnüren, dies »Seelentier«, und ich dachte daran, dass der Aberglaube in alten Zeiten meinte, dass zauberische Frauen Fuchsgestalt annehmen können. Und dankbare Tote auch.

Frank Trende
Groß Vollstedt, im Oktober 2014

Die Autorin und ihr Werk

Sarah Kirsch gilt als eine der bedeutendsten deutschen Lyrikerinnen. Sie wurde 1935 in Limlingerode in Thüringen als Ingrid Bernstein geboren und wuchs in Halberstadt auf. Nach Abschluss ihres Biologiestudiums in Halle studierte sie Literatur am Johannes-R.-Becher-Institut in Leipzig.

Ihre ersten Gedichte veröffentlichte sie gemeinsam mit ihrem Ehemann, dem Lyriker Rainer Kirsch, mit dem sie von 1960 bis 1968 verheiratet war. Nach der Scheidung zog Sarah Kirsch nach Ost-Berlin, 1969 kam ihr Sohn Moritz zur Welt (Vater: Karl Mickel).

Schon 1960 nahm sie das Vornamen-Pseudonym Sarah an, um damit gegen die Verfolgung und Massenvernichtung der Juden in der Nazizeit zu protestieren. Wegen ihres Protestes gegen die Ausbürgerung des Liedermachers Wolf Biermann wurde sie 1976 aus der SED und dem Schriftstellerverband der DDR ausgeschlossen und von der Staatssicherheit observiert. Ein Jahr danach folgte ihre Ausbürgerung, sie zog mit ihrem Sohn nach West-Berlin, wo sie als Journalistin, für den Hörfunk und als Übersetzerin arbeitete. Später lebte sie als freie Schriftstellerin und Malerin in Schleswig-Holstein.

Sarah Kirsch gehörte keiner Schule an, doch lassen sich viele ihrer Arbeiten der Neuen Subjektivität zurechnen. Ein großes literarisches Vorbild war Annette von Droste-Hülshoff, daneben ist ihr Werk durch Johannes Bobrowski und Wladimir Majakowski beeinflusst.

Neben Gedichten schrieb Kirsch auch viele Prosatexte, unter anderem Tagebuchprosa. Gerne entspannte sich die Dichterin beim Malen. Der im Jahr 2000 erschienene Kunstband *Beim Malen bin ich weggetreten* gibt einen Überblick über ihr bildnerisches Schaffen, von den ersten Versuchen im Briefmarkenformat bis zu Aquarellen, Gouachen und Collagen. Ihre zuletzt erschienenen Bücher sind alle geschmückt mit ihren Aquarellen.

Sarah Kirsch verstarb im Mai 2013 in Tielenhemme, Schleswig-Holstein, wo sie seit 1983 lebte.

Veröffentlichungen (eine Auswahl)

1965 *Gespräch mit dem Saurier,* Gedichte, gemeinsam mit Rainer Kirsch, Berlin, Verlag Neues Leben

1966 *Die betrunkene Sonne,* Kinderbuch, mit Illustrationen von Erich Gürtzig, Leipzig, Dr. H. Schulze

1967 *Landaufenthalt,* Gedichte, Berlin, Weimar, Aufbau Verlag

1973 *Zaubersprüche,* Berlin, Weimar, Aufbau Verlag

1973 *Die Pantherfrau,* Fünf unfrisierte Erzählungen aus d. Kassetten-Recorder, Berlin, Weimar, Aufbau Verlag

1973 *Die ungeheuren bergehohen Wellen auf See,* Erzählungen, Berlin, Eulenspiegel-Verlag

1975 *Caroline im Wassertropfen,* Kinderbuch, mit Illustrationen von Erdmut Oelschläger, Berlin, Verlag Junge Welt

1975 *Zwischen Herbst und Winter,* Kinderbuch, zusammen mit Ingrid Schuppan, Berlin, Kinderbuchverlag

1976 *Rückenwind,* Gedichte, Berlin, Weimar, Aufbau Verlag

1977 *Musik auf dem Wasser,* Gedichte, Leipzig, Reclam

1978 *Ein Sommerregen,* zusammen mit dem Künstler Kota Taniuchi, Hamburg, Friedrich Wittig Verlag

1978 *Katzenkopfpflaster,* Gedichte, München, dtv

1979 *Sieben Häute. Gedichte 1962–1979,* Berlin, Anabis-Verlag

1979 *Drachensteigen,* Gedichte, Ebenhausen bei München, Langewiesche-Brandt

1979 *Wind* und *Schatten,* zusammen mit dem Künstler Kota Taniuchi, Hamburg, Friedrich Wittig Verlag

1980 *La Pagerie,* Prosagedichte, Stuttgart, DVA

1980 *Geschlechtertausch,* zusammen mit Irmtraud Morgner und Christa Wolf, Darmstadt, Luchterhand Literaturverlag

1980 *Hans mein Igel,* Kinderbuch, mit Illustrationen von Paula Schmidt, Frankfurt, Büchergilde Gutenberg

1981 *Papiersterne,* vertont von Wolfgang von Schweinitz, Stuttgart, DVA

1982 *Erdreich,* Gedichte, Stuttgart, DVA

1984 *Katzenleben,* Gedichte, Stuttgart, DVA

1985 *Landwege. Eine Auswahl 1980–1985,* Stuttgart, DVA

1986 *Irrstern,* Prosa, Stuttgart, DVA

1988 *Allerlei-Rauh. Eine Chronik,* Prosaband, Stuttgart, DVA

1988 *Luft und Wasser,* Gedichte, mit Bildern von Ingo Kühl, Göttingen, Steidl Verlag

1989 *Schneewärme,* Gedichte, Stuttgart, DVA
1989 *Die Flut,* Gedichte, Berlin, Weimar, Aufbau Verlag
1991 *Schwingrasen,* Prosa, Stuttgart, DVA
1991 *Spreu,* Bilder-Tagebuch, Göttingen, Steidl
1992 *Erlkönigs Tochter,* Gedichte, Stuttgart, DVA
1994 *Das simple Leben,* Stuttgart, DVA
1996 *Bodenlos,* Gedichte, Stuttgart, DVA
1997 *Luftspringerin,* Gesammelte Gedichte und Prosa, Stuttgart, DVA
1999 *Werke,* Gesamtausgabe, 5 Bände im Schuber, gleichzeitig in Stuttgart und München, DVA und dtv
2000 *Katzen sprangen am Rande und lachten,* Gedichte und Prosa, Zürich, Manesse
2000 *Beim Malen bin ich weggetreten,* zusammen mit Christoph W. Aigner, Aquarelle, Bilder, Zeichnungen, Stuttgart, DVA
2001 *Schwanenliebe. Zeilen und Wunder,* Stuttgart, DVA
2002 *Islandhoch. Tagebruchstücke,* Prosa, Göttingen, Steidl Verlag
2003 *Tartarenhochzeit,* München, DVA
2005 *Kommt der Schnee im Sturm geflogen,* Prosa, München, DVA
2005 *Sämtliche Gedichte,* München, DVA
2006 *Kuckuckslichtnelken,* Prosa, Göttingen, Steidl Verlag

2006 *Gesammelte Prosa*, München, DVA
2007 *Regenkatze*, Prosa, München, DVA
2008 *Sommerhütchen*, Göttingen, Steidl Verlag
2010 *Krähengeschwätz*, München, DVA
2012 *Märzveilchen*, München, DVA
2014 *Juninovember*, München, DVA

Auszeichnungen (eine Auswahl)

1965 Erich-Weinert-Medaille (Kunstpreis der FDJ), gemeinsam mit Rainer Kirsch
1973 Heinrich-Heine-Preis des Ministeriums für Kultur der DDR
1976 Petrarca-Preis, zusammen mit Ernst Meister
1978 Deutsche Akademie Rom Villa Massimo, Stipendium
1980 Österreichischer Staatspreis für europäische Literatur
1981 Deutscher Kritikerpreis
1983 Roswitha-Preis der Stadt Bad Gandersheim
1984 Friedrich-Hölderlin-Preis der Stadt Bad Homburg
1988 Mainzer Stadtschreiber
1988 Kunstpreis des Landes Schleswig-Holstein
1992 Ida-Dehmel-Literaturpreis der GEDOK

1992	Ehrengabe der Heinrich-Heine-Gesellschaft
1993	Peter-Huchel-Preis
1993	Literaturpreis der Konrad-Adenauer-Stiftung
1996	Georg-Büchner-Preis der Deutschen Akademie für Sprache und Dichtung
1997	Annette-von-Droste-Hülshoff-Preis des Landschaftsverbandes Westfalen-Lippe
2000	Kulturpreis des Kreises Dithmarschen
2005	Jean-Paul-Preis des Freistaates Bayern
2006	Thüringer Verdienstorden
2006	Johann-Heinrich-Voß-Preis für Literatur der Stadt Otterndorf
2006	Ehrenprofessur des Landes Schleswig-Holstein
2007	Samuel-Bogumil-Linde-Preis

S. 11 St. Ives Museum
S. 15 St. Michael's Mount
S. 17 St. Michael – Blick auf den causeway
S. 26 Sarah Kirsch in Torquay neben der Büste von Agatha Christie
S. 39 Cockington
S. 40 Cockington Court
Faksimile-Seiten vom Vorsatz und im Innenteil aus dem Original-Tagebuch von Sarah Kirsch, das sich im Besitz ihres Sohnes Moritz Kirsch befindet.

MIX
Papier aus verantwortungsvollen Quellen
FSC® C014889
FSC
www.fsc.org

Verlagsgruppe Random House FSC® N001967
Das für dieses Buch verwendete FSC®-zertifizierte Papier *Munken Premium Cream* liefert Arctic Paper Munkedals AB, Schweden.

1. Auflage

Typografie und Satz: DVA /Brigitte Müller
Gesetzt aus der Walbaum
Reproduktionen: Helio Repro, München
Druck und Bindung: Friedrich Pustet, Regensburg
Printed in Germany
ISBN 978-3-421-04649-9

www.dva.de

SARAH KIRSCH
Gesammelte Prosa
736 Seiten, gebunden
ISBN 978-3-421-04221-7

Sarah Kirsch, eine der beliebtesten Gegenwartslyrikerinnen deutscher Sprache, ist auch als Prosaautorin eine Meisterin ihres Fachs. Ihre unbeschwerten Stücke leben vom schnellen Wechsel der Themen, unaufgeregt verbindet sie Privates mit den großen Weltläuften. Und sie leben vom Spiel mit den Tonlagen: mal komisch, mal bitterböse, mal kontemplativ – doch stets von einer Genauigkeit der Wahrnehmung gekennzeichnet, die Leser und Kritiker an dieser Autorin so fasziniert.

In diesem Band sind die Prosatexte bis 2005 versammelt; ein Lesebuch für alle, die sich in die sprachschwebende Welt der Sarah Kirsch entführen lassen wollen.

»Zum Wiederlesen, Neuentdecken und Blättern. Jede noch so kurze Erzählung steht für sich, Miniaturen glasklar wahrgenommener Momente mit träumerischen Ausflügen. Einige Wortfindungen laden zum Sammeln und Merken ein. Die gesammelte Prosa ist ein sinnvolles Buch für den Urlaubskoffer.«

SWR 2

SARAH KIRSCH
Sämtliche Gedichte
560 Seiten, gebunden
ISBN 978-3-421-05865-2

Die moderne deutsche Lyrik ist unvorstellbar geworden ohne Sarah Kirsch. Mit ihren Gedichten findet sie seit Jahrzehnten große Anerkennung bei Lesern und Kritik. Marcel Reich-Ranicki etwa pries sie als der »Droste jüngere Schwester«.

Diese schön gestaltete Ausgabe von *Sämtliche Gedichte* lädt zum Wiederlesen und zur Neuentdeckung ein: vom gefeierten »Sarah-Sound« (Peter Hacks) der frühen Lyrik bis hin zu den jüngsten »Zeitansagen aus dem Norden, wunderbaren Meditationen über Dauer und Vergehen« *(Neue Zürcher Zeitung)*.

SARAH KIRSCH
Juninovember
208 Seiten, gebunden
ISBN 978-3-421-04636-9

Aus Sarah Kirschs Nachlass stammt der Band *Juninovember*, der Tagebuchaufzeichnungen aus den Jahren 2002 bis 2003 versammelt. Sie atmen die starke Naturverbundenheit der Autorin, die zurückgezogen im Rhythmus der Jahreszeiten in Schleswig-Holstein lebte. Inmitten der norddeutschen Flora und Fauna zeugen ihre Notate aber gleichzeitig von ihrem wachen, unabhängigen Blick auf das Weltgeschehen, den sie sich immer bewahrt hat. Die russische Offensive im Tschetschenienkrieg oder das Attentat in Washington werden ebenso kommentiert wie Erdstöße in Mittelitalien. Eingestreute Gedichtzeilen verdeutlichen die Kraft ihrer Lyrik und zeigen in der Verknappung die große Könnerschaft.

»Wenn der Modebegriff Entschleunigung auf ein Buch zutrifft, dann ist es dieser Band aus dem Nachlass Sarah Kirschs.«

Thüringer Allgemeine

»Ihr Rhythmus und ihr Streben nach Autonomie werden fehlen. Sarah Kirsch wird fehlen.«

Die Zeit

SARAH KIRSCH
Krähengeschwätz
176 Seiten, gebunden
ISBN 978-3-421-04451-8

Moorgeschrey und Lerchengedröhn – Sarah Kirschs poetische Kraft durchdringt auch ihre Tagebuchaufzeichnungen. Meisterhaft verbindet sie in ihren Notaten aus den Achtzigerjahren Alltagsbeobachtungen und Poetisches, Persönliches und Politisches. Immer scheinen die Sinne aufs Höchste geschärft, und so, eins mit der Natur, strahlt die Prosa mit einer elementar erdhaften Kraft.

»*Krähengeschwätz* ist ein zauberhaftes Buch für die Liebhaber immaterieller Genüsse, die Aristokraten des höheren Müssiggangs, die Traumwandler und Gegenläufer und – in dieser Reihenfolge! – für alle Katzen- und Bücherfreunde.«
Neue Zürcher Zeitung

von der Schulklasse tief drinnen. Draußen
nur die Nasen und Arme vor, und siehe
ein langer wohlerzogener Engländer war
den Damen in die bunten Bälle gefolgt.
Wir drückten uns mit andere Passagiere
die Nasen an der Scheibe platt und mußten
fleißig lachen. War ein sehr netter An-
blick. Besonders der lange Engländer, der
mindestens 26 war aber nicht widerstehen
gekonnt hatte. Die Reisenden, besonders
ältere Engländerinnen fanden das Bild
sehr entzückend. Und ich muß auch
noch lachen. Nun muß ich schlafen ist aber gerade
lich a bissel. Und zwar in mein Schlafan-
zug. Denn der Transport auch wie von
tolpatschige Riesen vor sich geht!

7. Septembarius 2000 Donnerstag

Bis um 8^{00} geschlafen. Einmal bin ich auf
meine Lage gerollt da fuhr dieses Schiff
Wodkanut. Und a bissel Kopfweh hab ich hab
auch von solche Schaukelei. Nun sieht die
Sonne und Cottage Garstable aus mit lief
lange Zeit. Man denkt! Hoffentlich steht
in See alles noch so wie wir es wollen.
Werden wir in spätestens 2 Stunden sehen

rumgeloofen. Für die Nachbarin welche die
Katzen füttert haben wir ein Mitbringsel.
Eine wunderbare Tasse Queen Mum in hell-
blau, extra zu ihrem Hundertsten herausgewor-
fen. Mit Hut und Goldrand. Nun kann
ich das Wetter sehen. Sehr zart bewölkt es
wird sicher noch prächtig voll. Die Autos schla-

fen noch. Wir haben
gestern im tiefen Forst
viel Brombeeren ge-
gessen. Heiße Brom-
beeren in der Sonne.
Das war sehr schön
und Moses hat sich
in einem kleinen
Shop zum Andenken
daran noch ein Gläs-
chen Brombeermar-
melade gekauft. Weil
es so schön war. Die
Rote Erde aber hier ist
ein Schmuckstück. In
den Parks hier am Meer die Blumenrabat-
ten in Rot und Violett zum Beispiel von
grünem ornamentalen Rasen umgeben
auf roter Erde - das sieht ganz wahn-
witzig aus. Oder so ein Trampelpfad in
Rot durch die Wiesen über den Horizont.
sehr wunderschön isses. Und der bedunkelte
Osthorizont gestern Abend zur Sonnenunter-
gangszeit - einfach irre jenseits des Meers.
Die Terrakotten aus der Zeit der Jahrhundert-
wende im Museum der Rot und nur sehr
sparsam Farbe drauf - ne türkisene Linie
oder a bissel Schwarz. Die Moderne Pot-
terie die wir gestern in Wellington gesehen hatte
die schöne Tonfarb grässlich glasiert. Auch